# Midy y Tidy

## Modesta Mata

Publicado por Ibukku
www.ibukku.com
Diseño y maquetación: Índigo Estudio Gráfico
Ilustraciones Ángel FloresGuerra Bistrain
Midy y Tidy
Copyright © 2020 Modesta Mata
ISBN Hardcover: 978-1-64086-704-8
ISBN eBook: 978-1-64086-705-5

Ilustrado por Ángel FloresGuerra Bistrain

Midy, una ranita pequeñita, fue a un estanque de agua porque tenía mucha sed, pero el estanque se había secado.

Llevaba un largo tiempo buscando agua. En su largo caminar se encontró con Tidy, otra ranita con unos colores muy hermosos y exóticos, que también había recorrido grandes distancias para poder tomar agua.

Ambas ya estaban cansadas, deshidratadas y casi sin fuerzas por el largo recorrido buscando saciar su sed.

Las dos estaban en busca del líquido más preciado y vital para la vida, días y semanas tratando de tomar agua, sin resultados. No habían encontrado agua por ningún lado.

Midy le dijo a Tidy:

—Estoy muy preocupada, las dos ya hemos caminado bastante sin encontrar agua. Los ríos, lagos y todos los espacios que tenían agua ya se han secado. ¿Podrías tú decirme que está pasando?

Tidy dijo:

—Bueno, no te quiero asustar ni alarmar, pero, como sabes yo también estoy buscando agua; en mi recorrido les pregunté a una iguana y a un lagarto que me pasaron por un lado, desesperados, buscando agua. Ellos no supieron explicarme por qué ya no hay agua, pero lucían deshidratados.

Sin embargo, se acercó una salamandra que, al igual que nosotras, buscaba agua, y nos comentó que la razón es que hay mucha basura dentro de los estanques que antes tenían agua; ella dijo que la solución sería limpiarlos y hacer una campaña para sacarles la basura para que todo vuelva a la normalidad.

La otra solución podría ser que después de ser limpiados nadie tire desperdicios en los espacios en los que haya agua.

Midy le dijo a Tidy:

—Debemos correr la voz para que todas las especies unidas limpiemos los ríos, los lagos y los océanos. El agua es vital para la vida, y de suma importancia para la conservación de todos los seres vivos.

Midy y Tidy fueron en busca de los anfibios, ranas, sapos, salamandras y otros para que los acompañaran a limpiar todos los estanques de agua, su interés era conservar el agua para las especies y protección del planeta tierra.

Todos los anfibios se unieron a Midy y a Tidy, sacaron todos los desperdicios y basura de los espacios con agua. Fue así como el agua cristalina empezó a brotar de la tierra y todas las especies empezaron a multiplicarse.

25

Midy y Tidy saltaron de alegría cuando miraron que empezó a brotar el agua, hasta las plantitas cobraron vida.